袁天豪———

著

脱缰

out of the reins

中国出版集团
现代出版社

图书在版编目（ＣＩＰ）数据

脱缰 / 袁天豪著. -- 北京 ：现代出版社，2022.12
ISBN 978-7-5231-0094-3

Ⅰ. ①脱… Ⅱ. ①袁… Ⅲ. ①诗词－作品集－中国－
当代 Ⅳ. ①I227

中国版本图书馆 CIP 数据核字（2022）第 245024 号

脱　缰

作　　者	袁天豪
责任编辑	杨学庆
出版发行	现代出版社
地　　址	北京安定门外安华里 504 号
邮政编码	100011
电　　话	010-64267325　010-64245264（兼传真）
网　　址	www.1980xd.com
印　　刷	北京建宏印刷有限公司
开　　本	880mm×1230mm　1/32
印　　张	5.875
字　　数	80 千字
版　　次	2022 年 12 月第 1 版　2023 年 3 月第 1 次印刷
书　　号	ISBN 978-7-5231-0094-3
定　　价	48.00 元

目 录
Contents

妈妈，读我的诗

妈妈，请读我的诗

翻开幼稚的田字格一样

用你美丽的眼睛读

用你合不拢嘴的笑声

读到泪花让我握不住笔

纠正我量词的用法

我要故意留下艺术的端倪

背对你犯一个你一定会原谅我的错

或者我轻轻给你念泰戈尔

谎称那是项无聊的作业

你识破或相信

你写的诗是听见嘉陵区的灯光

灯光！我曾矫情地揣摩着这个符号

无比羞愧地回避神的目光

但是，黄昏——众神宽厚的手掌

终于在很久以后将我包围

妈妈，那也是你的手掌

摩挲我叛逆孤独的头发

妈妈，七月对我是场幻梦

我的河流冲破了血管

这只帆儿看不见

去向

这只帆儿撑满天空地想回到你的臂弯

在你臂弯中写诗

从鹧鸪山开始

从山脚下讨论西西弗斯的路径

从一片雪的沉默开始

路上的过程无限接近于成功

大地竟如此合脚？但也粗糙

从一座山开始

不断穿过褐色的树

太阳给每棵树套上绞索

昏昏欲睡中，一只黄色的小船

在年轮上旋转

我们离开的时候，应当带走海拔

留下精神的高远与无语

应当噙着坚决的泪，像鹰一样含着天空

用泪水鸣叫　用身体被凝视

发现我们的必不是经纬

收起语言、痛苦、摄像头

你正扶着下山的风

风里的枝条秩序井然，渴望末班车

从坠落开始

从爱人的虚弱开始

万物的手都变成一只手，都想塞进一只手套

一月的雪，你使手套遗失

所有的手都融化在里面，成了一摊水

水里彼此不分

世界从此不同

垂　钓

老钓手，水上的灯笼都已休歇
世界正越来越远
钢青色的天压着钢青色的水
你的昨天清澈见底
你的痛苦，顺着钓线无限东去
无数只月亮在树枝上晃荡
踏月飞行，两只月亮之间流着
你的罗纳河。（或是我的）
必只为天马所知
茫茫的星辰与大寒冷
使落叶归根，使大地低头啜饮

你的竿领着我们修行
在暗下去的水流里，在高山之洞穴
你平等地成为一条鱼
但是

我们并不始终习惯生活在

世界的浑水里

需要挥竿，需要拉扯

转动我们的脖颈以换取一次次的光明

你的竿领着我们修行

那洞口无限美，且悲壮

那挣脱者，嘴角血迹光荣

那支竿子

烟一样地交战

我们是你沧桑的手指

也是水天之间的

鱼群

晚风指南

是谁破开了天空的口子
是谁窃听了树群的密语
对准花园射击
星星应声倒地
流出夏天的液体

是谁躲掉了飞鸟的痕迹
是谁察觉出影子的偷听
背离梦境抒情

一对爷孙
在季节的边缘滑行

彩　虹

春天，群山虚掩
雷和雨的城门已打开
凭借对自由的记忆
最先流动的是知觉

这些演化
对因果负有责任
但他们不谈论时间的浓荫

普天下的造物
想起自己曾是种子的心愿
一道彩虹
如此出现在天空

光谱中的梦幻泡影
对白昼停止讲经
我们以小易小
并祝愿那些美梦成真

缝　隙

路面宽阔，和平的鹅卵石

芦苇蒸发黄色

神话之手交替着流水

这些日子，以无声的速度东升

以内心清晰的痛苦敲击天空

行人高悬

十二个爱人在午夜端坐，唱着年迈的门

亚洲的喉咙

亚洲的头发

唱给君王，缝隙里发狂

回荡着一无所有

并深不可测

缝隙，我们各有一道，甚至精致

你不能扒拉出宝藏

只能看到木柴正在里面

静穆地加热世间

果　实

湿地里的鸣声此起彼伏

乃至思维上的成熟

都具有自然意味

具有一种成为任何可能的内阻

吵闹的宇宙里

我们是无边之无边的孤儿

是赤手空拳

是连缀黑暗通道的野蜂

一些鲜花，足够我们羞赧地藏起口器

在洁白的胸脯前

快速翻飞

乌青地关上眼皮

假使醒在一粒石榴籽里

仍为果核之无限与果壳之有限幸福

为这幸福热泪，是甜的泪

也是甜的血

流过每个兄弟的身体

受伤似的团结在一起

当其中一个死了，其他的便是墓碑

亦是他自己，活着

当一颗星星穷极一生发育自己

它从此拥有

近乎永恒的多汁与饱满

在母河的腹中性感

尽管仍然是稚嫩渺小的一颗

这是一片经过深思熟虑

仍然突破树皮的新芽

为的不是见到阳光

而是让阳光见到自己

顶住了猛烈的苦难

在一树的叶子里

它对天空之上的命运冥思苦想

在空间与语义的挪移中张望

在树枝与宇宙间

看到无数果实从鸣声中落下

向大地沉醉索吻

"看到无数孩子"把露珠藏进衣袖

在荷叶间穿行

东方杨柳

春天是一碗水
春天在碗口荡漾

夜色上来，把注定的新娘
领进了门
杨柳深处无台阶

我，樵夫，野人
同枝条一起掠过水面
碰到了你的舌尖

因此那些
人山人海里
独你一人为江河落泪

古宇湖上行

操着东方语言的匠手们

曾在湖边汲水

耕种，学习爱情

在建起终究也会消失的建筑后

迅速地化为候鸟

归隐在时间里

一座神圣的庙宇

可能在街头与每个人擦肩而过

使人感到莫名熟悉

而内心将以香火的惯性

持续深沉

古宇湖，已向其他国度游弋

使用天空而非大地

带着子民腾空而起

那些云朵让人想起纹路

以湖底的一块沉石为轴心
秒针在表盘上滑倒
我们把各自的摩托车旋转起来
在水里和旧皇后对话

湖畔学者

日出时分
水有天真的本能
露气为美而想
船舶干净

湖畔学者尚在讲学
天真面对天真

我们无穷迷恋长日
传阅洁白的篇章

那时微风掠过芦苇
涌入许多做人的决心

鼓 手

畅饮你的鼓声
我们围坐在你四周
通红的巴掌
使树后的牧神害羞

手上的纹理顺着声音过来
一些翅膀
闪烁心脏里的青天

另一些鼓手跟丢节奏
胆怯的节奏像我们遗失的钟表

自由的手腕
至今翻转荣光

俄巴底亚的恸哭

我得到再三允诺丢弃裹尸布
故此日夜以隐喻写诗作乱
并在星宿间建设城池
要万国看我毁灭

而事实上我活在政体下而背弃
整本圣经
我接受泥土的哺育
辩证考究这个文明的玄虚

我接受黑夜的拷问
回答出这片土地垂毙的神祇

正是被褐色大地亲吻
我与西飞的天使们走散
声称在命运深处跌倒所伤

关于现代战争的思考

铺装路面，主义化的

塔吊、钢筋

城郊红色图腾

隐喻的魔鬼爬上龙泉驿

行道重新规划结构

梦境则从夜空层层堆叠

神，我们歌颂的力量

也是被我们割伤的力量

藏身晦涩诗歌

在路上被车轮碾轧出了灵魂

——由此死亡也新生

千万年前，在大河之畔

拉满巨大的神弓

俯身抵牾那些壮烈的马蹄声

史诗八方奏响，人类胜利

诗中说：
"怒目圆睁那颗燃烧的太阳
虚发一箭炽热的风度
眉宇聚成山峰"

执笔者，文明在回味荒原
历史上，神杀死神
而大地要我们行走
要到满怀愤怒和寂寞的逡巡里
去奢求更多

黄河爱人

我正在跨越黄河

大桥——四公里横跨过中国人的母亲

浪花一朵朵开在河面上

冰的下面

黄沙，和青黑色的暗流

汹涌着河岸与故道

在这支血管的两岸

烟囱吞吐它工业的抒情

我只需要朝冰面呐喊

爱情，春天便来了

凌汛时从上游泛起誓词

我动用了一条磅礴的河来说爱你

土　豆

歌颂你，一只高原上的土豆
冬天你迎来朋友
夏天光芒击打着你的心
谁把你放过

谁和你讨论自由的土地
谁弯下腰，仔细端倪
和你一样颜色的皮肤
和你一样朴实的心灵

歌颂你，一只温柔的土豆
不出声息
使我想到一张地里的脸
那天我捧起，多么小心

在大农村的天地里
我亲爱的土豆

当你颜面尽失，光洁得表里如一
蒙娜丽莎从你内部走来

你笑的时候
让我想起一个古老的梦想
你安静的时候
让我听到远方的一棵树
倒塌的声音

纪　念

躺在床上

听蝉声

计算它剩余的生命

顺便计算

理想的聒噪和莫名其妙的尴尬

夏天的温度应该一步到位

争议中的圣人们也会不耐烦

书柜内部的幸福、可能性

都应该一步到位

万事就被纪念

聪明与自作聪明

愚蠢与大智若愚

迈过不可迈过的深刻狂欢

不必解释了

其实我什么都不是

什么也没有

正是如此我才感到很快乐

并且对任何事物的爱

等同于对整个世界的爱

锦里中路

问谁去叩拜了忧伤的山峦
任历史被造物主的津液溢满
漾出刺透今古的笛声
流进古蜀辉煌的血管

岷江，天府的岷江
生动的脐带
遥遥地连接着神秘莫测的母体
到时机成熟就飞来声春雷
猛地炸开时空的褶皱
孵出一片冲积平原
在土地上烙上黄金图腾
环绕着无数只飞翔的眼睛

蜀道就是翻过比树扎根更深的山
顺着比河面更宽广的河

但凡想象探出头颅

也挤在星河与地平线中向天国匍匐

仰望久了，四方倾斜出李杜

抖落一堆慷慨的明星

我们这些人不过是捡拾

谁敢否认我们尊严的捡拾

垦种的光芒击破水面

构筑起与耒耜砖瓦不同的城郭

我该在太阳下歌颂哪个

去为两条河流的拥抱神魂颠倒

府南河也是过往的药方

抹在天空的裸露处高声歌唱

掠过了成都

环抱住成都

融入进成都

今天的街道可有流水声浸湿清晨

河面惊飞白鹭或者深秋

谁抚摸黑暗里深沉的火光

谁拔出鞘中待发的理想

锦里中路！

我终于要呼出你的名字

成都在我骨肉里了

路过你时我就化作金黄的银杏叶片

枝干进入冬天，光秃秃把我切割

而我越发饱满

飘落府南河，马蹄踏我而去

飘落长街，书生卷走三分尘埃

我若飘至深巷

文翁记不记得我这个学子

红砖绿瓦留一席之地

锦里中路！

你要掖着成都多少优雅的元素

每个兜里噙着我青春的絮语

挂上纯洁的热恋的面孔

要在冬夜里沉没下去，深过府南河河床

落到城市的根基中

连同诗人眯着眼睛的心

掠过了一切

环抱住一切

融入进一切

今天的屏幕仍然播送古老的歌谣

四面八方都听到召唤

银杏回到树上，河水逆流

秋天过完暖和起来

问谁去叩拜忧伤的山峦

还带回隐晦的真理：

现代的子民是众神的智齿

柔软的舌头试探隐痛的故乡

害　怕

有时我在睡梦里感到北京城突然降临

悬停在鼻尖的夜空上，胡同里传出游泳馆

吞咽口水的声音

这让我，并不能轻易地分辨

梦境和现实：歪脖子树冷冷的呐喊与风沙

我还能看见童年的宝刀方正地横跨

木头和殿堂，唯有火焰才能重新举起

刀锋上凝聚着月亮的胆识

把日子砍成一篇篇字典里的纸张，绝不厚此薄彼

脑子一热就能把偏旁部首烧个精光

一种战无不胜的经验在北京城内横行

路过胡同，他幸福地端详每一个孩子的脸

并唤起了每一滴水体内河流的血统

宛如解放的魅力，敲打着跳水的变奏

有些事情说不清楚，夜半我发现我正搂着

自由女神

我爱她沉默的眼睛

月光在那儿一片一片地上岸

答友人

我收到了成都的流水

这是我爱的进行曲

就像所有已经远去但曾经发生的修辞

那些含混的水声

把你一再松绑

同时提醒你不要遗忘

这是我生活的经验

说起来，和炊烟别无二致

但不如比作消失的金河

有时你问我答

我还想着一些锣鼓

我还想着前世我应是一朵烟花

在空中完成了使命

和对生命的知觉

并对人间无限眷恋

在一个雪后初晴的夜晚

产生哭声和第一次乡愁

睁开眼睛的时候，我赞美自己

也赞美少年的流水

并且承认自己的渺小和可爱

就像你一样

我们没有什么不同

但饥饿是一种灵感

当这种感觉

使我们迅速分别

就好像受雇于不同的命运

你坐在你的星球上

计算太阳的巡演

在清白的时间中

你说饥饿也是一种水声

当你的星球逆水行舟

我只能在回忆里

把你层层捆绑

玛丽恩浴场哀歌

最华贵蓝色丝绒

还不够

要换成你亚麻色的头发

庄严

但我背地里羞涩

乘马车

再也不去卡尔斯巴德

劈柴院里劈柴

你的青岛和我的青岛不一样
木头熟了
我们提起斧子，就走
把意义在街上拖出划痕

拖着斧子突破街巷的围合
是海岸激起了胜负
是啤酒孕育了体面
是回忆高颂了宽恕
若要问木头何处来的新伤和旧伤
莫非时间本身有锋芒

但我们恰巧无知
四个人在客栈里彻夜劈柴
屏息聆听宾语开裂的声音

2019.8.2 于青岛劈柴院

七　月

忧郁的光晕频繁构筑醒来的情境

南方说它尚有未死的传统

子民在手掌间

卑微啊或者困顿

歪斜

每一次天使离开时

都带走我身体的一部分

人来人往

没有谁注意到

而我仍愿意忍耐那日益深刻的残缺

同意醒在伦敦或者米兰

高挑深邃

时空的媾欢者

历史是我们厚重的棉被

七月不如躲避爱祸，深眠

组装重叠的卡其色风衣
是不是
要让我也为你倾断
但是即将迎来的收获
没法令我直起腰杆

在黑暗与光明并存的日子里
我干渴且名分不分
色欲与探索欲和秀发一飘而纵
夏日贫瘠匮乏的物质土壤
一些长诗枯萎地生

九月晚钟

秋天深入时
秀发中的阳光逐渐稀疏
取下口罩过后
时间已在原先面目上留下磨痕
一切又变成了
可以重新爱戴的脸
没人会轻易承认
自己的耳朵就是两条飞斜的表带
把脑袋牢牢地固定在世界上

绕城地带，树枝上挂着蜂房
艾略特秋天的寓所
其他人携带着硬朗的足印张望
蜜蜂以黄昏之上的飞翔
使猫头鹰在落日下沉默

九月是生冷之泪

大病一场后，活着

意识到自己是山川的灰烬

九月是一只从头上拔下来的耳朵

而那个人十月才动手

庚子年在被撬动后

与生命和历史产生更多联系

诸如平面的行径

往事高过我们本身

敲响远在旷野的晚钟

九月的晚钟九月的学院

九月，中国大地的劳动者臂膀

推搡着九月未曾回返的心

在天幕下凝视骄傲者的秩序

九月，使一半的人对生活产生欲望

一半的人由远及近地吹着口哨

但不见踪影

族 长

伟大的族长

我爱你秋天的宗族

青年在平原上眺望自己并

万古长生

所有的我，只能恭敬地奉上

我的一无所有

当西风挪移，你们纷纷背向太阳

我爱你们锋利而寒冷的影子

抡起臂膀才劈得开

公主的面纱

当星火蹦满天空

我的心中装着一壶困惑

我心中装着马匹

我心中有挥鞭的人，打痛了我的肉体

打出夕阳的光芒

使大地承受灿烂金黄的罪

届时

所有眺望者都选择一片落叶

朝着故乡下坠

秋天过后

你们去向何方?

老　刘

老刘老了
睡在她的阳光里
不见她男人
以前她男人总要给我们递烟
以前她总要骂她男人

老刘十年如一日地守着
她的店
并记得每一张脸庞
她招呼所有买炸串的少年
是我们付费的母亲

几年未见
她也会突然招呼偶然路过的你
细数你的童年和口味
老刘的声音里有哭腔

尽管脸上是笑起来的皱纹

我知道她的油锅里

活着很多孩子

其中有些曾和她男人一起抽烟

打牌，谈论女人

她穿着围腰挡在我们中间

让我快点离开

老刘有天喊住了我

张了张嘴，但说不出任何话

我最后一次路过她的店时

她睡在她的阳光里

其实她是个吝啬又善良的

好女人

我希望她手上一直攥着

黄金的美梦

像每次我去买炸串时

手上紧紧攥着的

那张纸币

年轻故事

时隔多年我们又听到了钟声

在城市的街道里

故乡的水牛，黄狗

还有醒来的公鸡

突然一下子

齐齐从水泥地上跑来

我们听到了明月

安静地在窗外守着

听到曾经那个年轻的男人和女人

听到爱情

听到时间的骏马的蹄声

我们听到过去的理想

听到油盐酱醋落入锅中的声音

听到半辈子稻米的味道

听到无法停下的春天和夏天

我们突然不听
孩子们笑着闹着跑过
跑着跑着就十分高大了

我们又要听了
聚精会神地坐着
听到火红的灯笼
听到心中的鞭炮
听到酒，我们大声干杯
听到太阳，我们使劲鼓掌

我们就一直这样听着

为一暄康养中心作

我们这样叙述这个世界

——给记者的献词

极目眺望到漠北的寒风和三角洲

以西蜿蜒无尽的长河

或者隐匿在深色天空里

瞥见这个世界深刻的经纬

那一瞬间我们落入壮阔的浪漫

我们落入壮阔的浪漫

但就此张望这片生息的土地

用诗人、政客、哲学家一样的目光剖开

世界它黄金的表面

我们接纳了更多贫穷和苦难的意象

携带不可摧毁的胜利意志

把热情毫无保留地叙述给这颗星球

于是目睹真实发生在了更多场域

在子午线的西东两侧

炮火挫扬的风的灰烬里

霾阴蔽天的城市中

疾风骤雨之山河 ，风云叱咤之交锋

阶级那坚硬的抵牾，生命脆弱和关怀

我们

是的我们

出现并存在，我们被赋予调查的权利

以使人民获知其应知不多也不少

我们四季捍卫太阳及其任何一丝光芒

客观报道影子的灰度与大小

把步履篆刻在群山

直到遍地是求知的脚印

那泥土，也为此被翻新了

用我们锄头一样的生命

劳绩得到暴露和喘息

目睹，听闻，疼痛或者欢乐的触摸

以及众生的巨笔

我们手拉着手

从一开始褪去了胆怯

世界上所有正义者的热泪

都将浇灌在这项事业上

对万籁俱寂的打破

对众生喧哗的聆听

对荒谬的明辨，噢

我们叙述，叙述万物元素

当纸张上淌满了

那泥土中也就此结出

始于壮阔浪漫下对生命的责任

唯独把疲倦的身影留给现场

道义与精神因至高无上而永存了

伟大的时间不可遏制

我们把所有的叙述

谨慎而热情地献给这样美丽的世界：

月亮极圆，太阳极光明

论　剑

夜半的月光

施以万物启蒙性的色彩

众多影子踮脚疾行

或者重复日间的耕种

酝酿出了一种酒香

足够穿透故乡

足够吹起柄上的红缨

有如春天吹过杨柳

墓碑吹过死亡

我们不谈死亡下面是什么

应谈论收剑时刻的顿悟

应谈论月神——这提剑四游的登徒子

给我刚出鞘的心

致命而圆润的一击

有如春天吹过杨柳

有如比酒香更深沉的
一次行吟，一次在华美大地上的举杯
我和我的众多影子
为天明的事业奔走和耕种

但白银之土永恒再现并消失
月光乌有
不可能以论剑度日
装裱点到为止的痛觉
太阳是如此暴力，在内部折断了
彼此拥抱的树枝
使根，攥紧了拳头

在夜半，我们披着光泽低语
用高过死亡的声音论剑
凭任喉咙和伤口
在白日的热火里蛰伏

茫茫一生
谁在推着月亮行走

情的一半

孩子们是我的眼眶
飞过你深深的峡谷
把货物送往那
潮湿的港湾

一纸的生命都和书信有关

孩子们是我的眼眶
我一半的绝望和慷慨

敬畏夜滩隐约的高潮
年轻的船长聚集在棕红色的酒吧里
举杯搬运月光
重复着不需要桅杆的梦

窗　外

一个女人走不动路了
她通过隐忍的表情
丈量余路
而非晴朗的哭声

在她的余生或者日历里
或许已经哭够
沉默是更饱满的一滴泪

路的尽头出现以前
行走代表任何意义

上帝是否同我一样
坐在日光下
为窗外的人分发
感觉来临前的
每一根神经

春日忧伤

我已毫无保留

名字在花名册上

乳汁在铁桶里

裤子，掉到了膝盖以下

教我双腿重新适应行走

历史的界限，黎明的中间色调

祖辈传说应在此时分娩

我已毫无保留

向围栏外滚出一只鸡蛋

每本经书都曾写过类似的出逃

我已毫无保留

给孩子们穿上铠甲

在路上发出年轻的呐喊

我已毫无保留

月光巷

十陵公园，冬天
它光秃秃的枝丫挂满了青年
垂目被惨烈白昼终日照射的大地
每天都有被爱情烤焦的落叶

就是那些拾荒者也
把他们皲裂的手穿过枯叶
在干瘪的饮料瓶中建立灵犀
那是四季的恋人
快活地摩挲着自己的贫穷

谁一旦认真喝醉谁就
被茨威格的月光巷的墙壁所挤弄
仍然是误入那座靠着夜的酒吧
门背后聚集各国各年代的男人
他们的胡子蓄满了忧伤

大家都是灾民
用女人一样的目光相互点头致意

因为晓得了拥抱
现在都把烧红的箭头往喉里咽

生　长

幼年时候
母亲牵着我的手来到这座城市
说这里沉淀了三千年的历史
数不尽的名胜古迹

于是我成长于这里的宽街窄巷
奔跑在无数骚客的石碑间
爷爷总在一旁抿着茶
回味着成都的悠长

父亲带我见过了憨态可掬的熊猫
见过城市的繁华和自然的美好
在火锅与串串的红油里
沸腾着世事与岁月

在府南河上放河灯

童年时代，灯火与倒影

在望江楼的注视下

终于渐行渐远

如我日渐强壮的身躯

高架桥与地铁组成成都新的脉络

片区的规划清晰明朗

夜空出现越来越多的星光

这座城市，无数诗人来过

无数企业来过

无数梦想与灵魂

都来过

来这里听听成都心脏的鼓点

既在大地深处

也在巷陌楼宇间

演奏着他与我们的生长之歌

傍晚时外祖母正翻着这座城市的老照片

她问：你在干吗呢

我在写诗

献给一种生长

成都时空

如果您站在成都的中心
向北方与西方望去
文殊院与青羊宫的香火不绝，低语
这座城市古老的信仰

西边武侯祠
东边望江楼
凭吊了三国的风云
守护着流淌的锦江

您只管举目望去
天府之地，丰腴的土地上
高楼古刹绿地湖泊错落分布
阳光里淡淡茶香

我同往常般
在树荫下与老人谈笑风生

论及这座城市的过去与未来
勾勒出熊猫一样的水墨精致韵彩

当初杜甫倚窗遥看千秋雪
成都仍保留诗意的风光
如今推开大门
迎接天下远道而来的诗人

诗人赴墟

成都是条长街
展卖三千年的诗歌与茶

宽与窄的巷子间
水墨延展出闲情与雅致
诗写尽了历朝的风雨
龙门阵揉进盖碗茶的春意

长街芙蓉铺道，银杏成荫
蜀绣上刺刻苍翠竹林
熊猫在林间
慢条斯理拥抱时光

长街亦是咽喉
抒发民族之吐息
温和地包容驶进锦江的帆舟
梦呓般柔呼出天府的魅力

太阳神鸟在青石板上投下影子
风景是饱满的
灵魂是厚重的
文明是自然的

请您也来这里走一走
沿着长街行走的人都是诗人

写于成都国际诗歌周

失　衡

夏天的悬崖已经落满劳绩

伊内兹的乳房

至今哺育草原上的那群唐璜

那是农耕的南风

啜饮羊群

瞧见我认真的失衡吧

我想是在爱琴海

或者

卡里亚女人们被海风撩起的

裙摆里

我的理性并不存在

又或者是被消解

只有在贫瘠的指甲里

尽力挖掘智慧

热情已经开过去了
船上满载的是秋天

波光粼粼透支一千年的诗意
太阳的妻子褪去了沉穆的暮色
温柔地询问断翅的鸟儿们
能否飞得更高

我们走在大路上

迫近秋天了

在广袤的中国大地上

我们迫近季风气候里收获的时刻

同前辈们世代生息的镰刀

又将被唤醒，检阅

富足而庄严肃穆的庄稼地

农人刀具的表面

有如一条河那样宽阔并具有岁月磨痕

一条千古之河

蜿蜒，充满力量

赋予炎黄子孙尊严与智慧

巨手般向东方延伸

沿途哺育了那些春风里的梦想

种子升腾，人民选择的结果

根须里蓄满苦难和辉煌

我们走在大路上

握着金黄的镰刀和锤子

是的，我们走在大路上

走在无与伦比的路上

太阳在地平线缓缓漂移

云层戏剧地聚散

黄土两岸，鹅卵石底

苍穹之下

水滴在浪花里劳动

在一条伟大河流的漩涡里

历史在这里转折

转向波澜壮阔的山河浪漫

通达了，四面八方去

转向枕木上活的灵魂

领先着，使屈辱再也不见

我们走在大路上

实实在在感到秋天的迫近

不必用落叶来证明

那满树结的果子

和热烈的欢庆的气息

实实在在地填满了时代里的空气

那条刻满阳光的路
我们围坐而歌颂，投身到
前前后后的建设里
心里轻唤祖国啊
秋天迫近
秋天金黄，不可战胜

写春天

我在何处行走

在爱人身上

爱人是春天里的桥

一条笔直的路，展开

竟然无转角

使我惊异

我在何处行走

在十陵上街

花瓣落在十陵上街而不在明德路

还有，隐匿在花木间

宇宙的表现力

也是十陵，春天的十陵

禁锢我视野了吗？

北门边从摩托车上跌倒的男人

挡泥板上的尘埃
蓄含甚于拳脚的威力？

后背永远的鸟鸣
就给我生命的能量了
降沉忧郁多情的天空
要我万般珍惜

妈妈，天恩浩荡
因为一棵树张开枝丫我就感动了
方才闪烁的只是浮光掠影
世界的美早已注入我这凡人的肉体

哑巴河或暴雨笔记

在裂隙里检阅成都的碳和雨

一种预警，并不能填满一片平原对褶皱的渴望

我们总是需要更多的水

来倒映金黄巨钟。也许会淹过群山

也许会淹过天空，直到安放下智者的桨

谁拨弄了那支桨？

雷声在半空中行走，这让我们

对今夜的雨有了想法

真正的诗人都是在两滴雨之间行吟

那是一个人一生的路程，在潮湿和失重里

爱了我们

退潮过后，世界就成了官府门前的

两头石狮子

只有更勇敢的人才能跨过

疼痛坚硬的门

我父亲就是在此时出现
顶着一头辽阔的月亮
伞把我们高高举起，在三十二楼楼顶
楼下是一条无声的河

不，如今没有人还会去捕获闪电
每个窗户都在失火，那乌黑的云层
才真正地意味着凡·高

巫师笔记

我亲爱的朋友
语言不再这样说了
火光缓和着自己
我们摇曳在它的影下

如果还有
吟游的法术
我们又将去往何处循环

在回家的路上
我与离家的灯相遇

入夜了
我亲爱的朋友
但是内心没有黑暗

飞行笔记

原来我是大雁
也许不是
我只是在雁群中飞行

我们一字排开
迎击云朵，痛饮天空
我的同伴
已学会在羽毛中藏起刀锋

使我想起远行
正是逃避温柔的眼睛

剧院笔记

猎人在洞窟两次失手
于是落进自己的枪眼
这是一个赌注
除了多年的寂寞
还有第三枪的可能

命运，突然提供了加速度
猎人在子弹的振动中惊醒
打穿一首诗的草稿

没有人中弹，这些年
她带着那对兔牙四处行吟
像宽恕一块石头一样
宽恕了我

银杏笔记

你来了
不说一句话，不意味着
无事发生

日神在上
烧透世间每一片黄金
滴到你手心
掌纹奔逃了全身

你来了
道别的鸣奏
秋天是如此忙碌
马戏团已迁走

不说一句话
这是叶落的原因

我对翡冷翠的想象

那支文艺复兴的血管里
美第奇是重要的红细胞
它和百花一样来自虚幻传说
艺术是共同的根茎

艺术铸就这座城市
也铸就其中街道的窃贼
我对弗洛伦萨的想象是从上铺的木板开始
纹路里延展出一只可能的蚂蚁
它朝着生命的深处爬去

深夜稍稍挤弄我的眉头
于是木板似乎也纠结在一起
蚂蚁掉落到被子上
被子也变得抒情

杨柳岸

十年前曾有高高的谷堆
我坐在颜色上寻花问柳
你就在岸边修补你的鱼鳞

人们劳作，谈天
在田地里走来走去
胃里是没消化完的粮食

我见天光万物可感
把高的说成更高
远的说成更远
几次三番用余光瞄向你

后来我回来了
沮丧地发现那片波光并不存在
你居然真的只是一条鱼

夜　莺

明月使者
梦中情人
一声足以断魂
非要日夜鸣唱
让诗人心中涌起啼血之诗
挥之不去，挥之不去
平分我生命的月色
定夺我矜持的疼痛

赞美的南方

春天
你当真是个宽厚而纯洁的姑娘
我向你投去多情的目光时
你只把我和众生一起握在手掌

八方都赞扬你
你是拥抱我的唯一一人

赠汪伦

潭边写写画画

案上涂涂抹抹

笔的方向，圣人打马走过

后来者

脚下是一样的泥

汪伦可以是一个商标

一种眼神

或一位爱人

汪伦的邀请很贵

桃花烂漫的年代李白很便宜

几坛美酒就可以

收获一个李白

瓦片和妖精

复仇女神从大慈寺蓄力
纵身一跃向身处龙泉驿的我当头棒喝
时隔一年零两个月
我的脑门发疼，双眼模糊
圆头和尚似笑非笑
坚决保守偷听到的祈祷

问我泪水为何不知悔改
滴落红尘，化作当初身边的碧桃
努力辨识，圣盆洗手
同她一起凋零去

愤怒切割机

在麦田得到的答案就是

把天空翻过来耕种，向太阳里打取火

我纯朴的兄弟们并没有把我忘记

我们头埋在土里，在地下手拉着手

两腿像世人一样铤而走险

当然也可以说是两片叶子

不约而同地朝烧红的地平线呐喊

东方传来回声：并非所有的我们都要被吃掉

每个人心中开着一台

愤怒切割机

当一只手挣破泥土

攥住了黎明的衣角，一种伟大的触感

指纹发出缄默的笑声

——无限接近于母胎里的想象

关于具体所作所为

愤怒切割机冲出心脏
在大地上疾驰
根在地下，下半身直飞九天
泪水交织出庄严的收获颂歌

高脚杯（又或慷慨之夜）

蚊子是夜的诅咒

在时间缝隙里来得轻车熟路

顺着月光白银的幕墙

一只隐形的高脚杯将发出共鸣

海子就是我们的桌面

上面摆着空空的陶瓷盘子

刀叉仍留在某张族谱里

表面也具有波纹

夜色必用热血换取

蚊子满载我飞向远方

祖　父

我们站在香炉的两角
对中间这茫茫大河无限抒情

一只满载记忆的棺材
自西向东，不舍昼夜

最广阔的柏拉图

青灰色的火山岩——万石堆叠的

那史前的群山

在中心酝酿着烈焰

波涛簇拥着这鼎熔炉

它的结构上披满肥沃的灰烬

曲折洞野 招引沉着的弥天乌云

在愤怒的海的浪尖

尖锐指向着

万石之上穴居人的巢

巢!

两个穴居人狂热地交媾

指甲里挤满泥土

淋漓酣畅地锻造生命

在铁的硬火的热和水的波里

洞壁上刻满苦难

这些符号被完整保存
后世所有人都蹲着仰头解读
但是这样能使痛苦有所增减吗
能使当年的石群有一丝改变吗
或者暴雨是否再少一滴

穴居人！
他猛地甩头，头发触及岩壁
好像被将来的某个瞬间蜇痛了一样
蜷缩在阴冷的一界抱头痛哭

而雷声肃穆地逼近
那巨龙几乎在洞口吐息了
天的眼望着他
他一切的瘦弱胆怯，对羁绊的恐惧
然后他起身，摇摇晃晃
四下眺望竟空无一人

最后一群海鸟啸叫着离开岛屿
在他开口的瞬间
一道闪电刺破天幕
使他惊骇而暴雨骤停

残阳在海面上流血

火山发出悲伤的呜咽

——这压根是几千万年

我们唯一可以称作不是沉寂的事物

在祖国的面前

我所说的是一面镜子

我及整个春天坐在大地上

在一门庄重的语言里数次歌唱

水银的河床，纹路里放着无言的群山

在祖国的面前

我不能只是一名捏着目光的牧羊人

越过风筝的防线，落得满身天空的指纹

当我站立，脊骨便是法则中的惊叹号

任何一行都安放着这样的标识

阻隔或掀起字面上的波澜

孩子们用具有穿透力的声音在远方把我诵读

献给镜子背后安坐的诗人

现在，我在镜面上奔波

枕头里塞满大副和水手

驶着自由而无帆的床

鼻子传出梦乡的火的呼声

关于镜子的方向

我的血管里长有红色的指针

云朵流动起来的时候

我和镜子发出轻快的哨声，变成了不同颜色的

字符

在中国的床上梦见北海道

毫无疑问，那些奋拉的山峰
沉默的海岸线，虚构的浪
都穿上小皮鞋跑进我的梦
从北海道

我询问他们，轻声地
伊邪那美的沥青是不是公路的沥青
或者挥手怒斥

太平洋就要没过床头
史诗醒了
手机悬挂在天际

两个神争夺话语权
但吵醒我的是闹钟

在太阳下

几个男人交换了眼神，并不意味着要达成什么

在太阳下，我们发现你的时候

一头湿漉漉的头发

我们的目光散去

各自萃取着各自的灰尘

那对我们来说太多，不足以得到

一个人内心的全部答案

当正午无差别地笼罩每个人

当我们的影子不能使用其他借喻

时间只矜持地向前迈进了一分钟

随后什么都没有变化：

平白无故的诗行或太阳下两棵树的距离

天工开物

实际上是泄露了天机
黄金可以被锻造
丹青，佐上文人的风雅
说酒也有酒的配方

开物
截取各自经验的精华
只为确保最后时刻的万无一失
但历史的炼丹师
从不同时留意火光和时间

所幸谱子留了点余地
没交代眉眼的隐喻和土地的歌声

我是听流浪汉传说
城市古老的山坡上
流失着我们跌落的梦境

秘密花园

在打完最后一个照面后
我们仍不能确定是否会再见

对于往日，我们悉心照料
怀着园丁般的天真
并不怀疑花瓣烧灼指尖的痛觉
一树天空的纹路，住了露珠

而勤劳并非一种理由：花园同样打理着我们
骨头上刻着的咏叹，恰恰写好诗篇
开放给篱笆上行走的众神

必须承认沉醉时刻的柔韧
尽管大多时候小心翼翼
呼吸着语言的悲歌
丰收并不具有诱惑
我们把花园建在了惯性里
盛开并毁灭于沉醉的一刻

海上新娘

大海无边，黑得只剩月光
浪花并不能催促灯塔

大海无边，黑得只剩月光
岛屿随泡沫平移

一只绿色的小船
在呼声里出嫁

宝石夜莺

叫了个八月满怀
让我想轻声问你，爱情
是你皇冠上的第几颗珍珠

飞来的是黑暗大山
低语着青铜翅膀
掠过封存我的秋日之林

一些碰撞，令宝石变成流星
我当然爱你身上的波光
更爱你隐遁的时刻

使　者

——写给我的摩托车

当语言成为一种法则
速度成为一种方向
当引擎成为秋天的第二颗心脏
应该从风的耳语里
听出什么意味

我的大地，当你远去
新的大地又无穷地逼近
当你回忆起旧日伙计
却发现孩子们站满了龙头
比大地还高，但远逊于天空

当血管输送着燃烧之叶
接二连三地点亮视野
当炊烟从心中升起

枫树林中有人高谈阔论

当夜晚重叠

无数路口在黑暗中相撞

一些路口使我爱戴

一些路口使我宁静

我们滑行，老去

在轮子上飞翔

当我飞过武汉

那热烈的召唤必出自伯牙之手

高山回应着天空

浪花敲击着河床

我心头的黄鹤

在飞翔时为山河落泪

当我飞过隐喻

在至高无上的空白里悬挂

大地，中国族谱

把我举起端详

我听到江汉平原阵阵回响

在水底，在语言之下

一种沉重的血液循环

持续代谢庚子年的方向

使每一次呼吸

都带上时代的气息

使这个春天的世界惺惺相惜

使逆行光荣

使人彼此知解

东流之水无限慈悲

当我飞过武汉

背后历史的晴空

投下现代化的光影

听到人类对风月的共鸣永不失传

我飞翔，并依偎在神州怀抱

在山高水长的醉感里鸣叫

我听到子期此起彼伏

其附和如浪潮

黑暗中对话

——写给思丽

也有人和你一样

撑着帆在大海边缘滑行

天使埋伏你，如此耐心

宇宙中心地带

悬崖前两尺

重新学习语言、国家和生命

也有人和我一样

忘掉四肢，忘掉名词们的轮廓

身子已被黑暗烧个精光

在一张族谱里

星星般地向你移动

黑暗中的话

很久后，想到你
看不见闪电

这银色的火
很快
使我们感到自身的慢

这种光
在视觉上施加痛觉
在路过时
现出天空的蹄铁，很快
使我们感到自身的慢

你可以想象
沸腾的是往事
比我们高的地方
温度在流来流去

最宝贵的
亮得又细又长

闪电，基本上是
构成我的成分
这些话
只对你说

普罗旺斯

鱼
看到水
这是我的家

葡萄
看到秋天
这是我的奉献

现代人
算了
只有塑胶的噪声

撤　退

在雨里我用汽车撤退
在汽车里我用广播撤退
这座城市
已经被涂上了许多颜色
已经抹去我陈旧的眼睛
所看到的陈旧事物

但是每一天仍然很美
这些美蓄在树的种子里
在日后一天天地悲壮起来
当一位老人从树冠上消失
这些美是年轻的爱

当一首诗完成
我用语言撤退

万物一杯酒

万物皆苦
还须提防人类

人类
只须提防人类

道德，是闲出来的

新　婚

漂亮的盖头
你不喜欢
夏天
是你所爱

新娘提着裙子跑向草地
太阳飞了满天

菜鸟驿站

城市中的农妇，健美
和播种无关

硬化土地
上面摆满快递

寻找我的麦，如此耐心
问我叫什么名字
浑身战栗
生怕被收进法宝

与佛分肉

有一天我被真诚祝福
被生活的结论对称
香火落满了我和佛的羽毛

我们忘记了自己的身体正在下雨
我们的谈话湿漉漉的
这些日子，绵连不断
隔绝了内心凶狠的丛生

有一天我动起恻隐之心
对每一个陷阱路过而又折返
有一天我闭上了眼睛
那是很多本该飞走的声音
在眼皮上呼号并栖息

国道 321

当你抚摸天空的臂膀
我说我要做弯道的情人

少年心性连接大地的神经
田野使我迟缓
路程使我发育

错失路口后
我终于找到方向

有件事几乎忘记
上次向你告过别
路上的村庄正举办婚礼

驶出几十里后
我突然在头盔里痛哭流涕

所　爱

我已爱上那些表象

一棵树的自娱自乐

一只手指的神伤

一滴眼泪的蓄力

似乎也刻不容缓

一种不属于任何情感的情感

在嗓子眼，反复识别

我已爱上那些表象

头埋得很低，大地天空都不见

云压满了河流

骏马在光影上奔驰

而周遭呼吸着我

群星正在天上有来有往

多余的话（或旧书信）

1

谢谢你的挽留

"亲爱的"，这词如今已非常稀薄

我埋头写下的那些东西

已经疲软地成为现实

2

在这桩故事里

母亲捏着脐带不撒手

因为她门前的树也不愿意把果实给大地

3

太太，她不值钱

格洛妮亚的饲养成本很低

这些年，我随身携带

一向如此

4

一条陈胜王的讯息

来自吉普赛人手上的鱼

我正在古典流传的时候质疑

请把我的疑问转交给那些伟大的人

5

近日和惠特曼一起施工

我们在凿一条河

老实说，我不怎么喜欢他

他语无伦次，太过热情

我还是献给你，我们

正在为之努力的回响好了

6

人们愤怒

并为此感到光荣

7

不要长时间忘记太阳

光明进入脑袋是一件可怕的事

阴影

就是这样诞生的

给纪德

手腕，受伤了
但成功地举起了往事

给玛斯特尔塔

要向我说什么？
不必
——这桌子，不赖吧
你还没有见到真正的山峰

真正的山峰远离大海
在夜晚吞噬写作的时刻
寂静的时间把我们覆盖

在这张甲板上，你有没有听到
另一种潮声的可能

但你要向我说什么？
不必
——确实，很多时候
我把自己反身关在宇宙
不由得怀疑
是否已错过许多必要的自由与平安

给苏格拉底

现在我看到了原点

在你眼中铅色的核心

现在所有呜咽沉默过一轮

一艘毫无意义的船，向我驶来

现在我们第二次打开了自己的身体

任凭阳光照射在家具上

现在我们得到真正的晴空

太阳在宇宙中彻夜难眠

而我不能忘记一片雪的神髓

融化但使我成为南国的冬天

现在我在时间的门外

（也许是幽州台）

我看到悬空的尊严的佩剑，一些跳动的血

我看到自己的指纹

铭刻上永远

——是对你的永远

我看到原点，于是我前去

我听到寂静

墓碑只能胆怯地压在

苏格拉底胸膛上面

而我只能献给你

我笨拙的心

给雷蒙德

给你真挚的表演
在这场默剧里
谁都不想多说一句

符号已经够多了
怠慢还能有什么用

我们活在哭后的世界
嗓子晴朗但是发炎
这种蛰伏的隐痛
仍卖力地挽留声音掠过的痕迹

给屈子

惊悉秋天的刀贴着他的唇

年少的马鞍

渡知天命的河

遥遥的月亮

在对岸轻声交谈

一片月光从枝头上

朝着永生凋零

一片落月的美德就是他的孤独

岩层上垂直奔驰的

黄金矿工

触到大地白银本质

这寂寞的偏差

使耕读的窗门失火

使扑朔镇定自若

使一场变故，不流一滴血
但让每一种哭声都受伤

无人能在洪涛中抬起头
沉默的地震
让各自视野模糊
让禁忌在水下沉得更深

传诵之人沿河行走
长歌当哭
腰间的水壶
尚有一滴沧浪水

梦

我梦见几何的窗户
几何的太阳
几何的书桌
阴影是几何的
写作也是几何的

梦醒过后
床上很多孩子的笑声

断　章

杧果熟了
农田落向城市
老头落向帽子
在柔嫩的枝丫下
我们正迅速地变黄

庚子民歌

塔是一种指示吗？

塔身上有伟大的曲目
我们用目光和诗紧密围绕

移动的准星是一只鸟
扳机的扣动是一种判断

你听见白色没有？
这正是她微弱的啼血

饕　餮

饥饿这夜游神
搜刮走了胃里所有的粮食
于是一个充满欲望的人醒了
在早午之间吃了一对母子

吃了一个鸡蛋并喝下那碗鸡汤
寂静的白日，抱着他
如同已化为油水的母亲
抱着她未出世的孩子

语言游行在荒原上
关于未来世界的和弦
关于太阳的骨架和大地的乳汁
饥荒仍在深入

黑暗饕餮，啃食每个人的年华
有时欲望放下了牙齿

在另一个人的脸上
看到了自己的五官和碎壳

巴甫洛夫往事（或群牛）

1

我阉割掉自己

然后产生了生殖的欲望

我和牛群

站在土地的骗局上，号叫

（如果这是一种畅所欲言的话）

我们意识到，青草已过于丰腴

这片绿色是伪装

是爪子，是欲望

但不是我们的欲望

这是栅栏，是鼻环

是呻吟

是打痛我的鞭子

是寒冷的闪电

照亮我和牛群

是镜子

是一副惊恐的表情

2

为什么牧犬冲我叫吠

三位女神，在春天的时候

邀请我跳舞

为什么纸张使人警惕

难道是树木饱受了

太阳的力量

为什么空气中晃荡着

无动于衷的气味

一头老牛，享受了最高礼遇

为什么咋日的忧伤无影无踪

为什么我任劳任怨

扛着倒序的时针

把大地犁向死亡

3

红色，健谈的颜色

我爱红色

令我思路清晰

让我顶入山峦的内部

我的角上

是酒是血？

4

山脉，打开了

不是阿里巴巴的功劳

是春天把我们放牧

树木把土地递还给天空，年复一年

是我们在长高

是兄弟的族裔

在进化的路上挥别

而花试图在秩序上站稳脚跟

哭声传得很远

谁不说话，谁就站在了人类的一边

山脉，打开了

是检阅的时刻

5

金牛，银牛，铜牛

向你们问好

我已备好大河

满载美酒地流向明天

离开大地时动作应轻

尽头正向我们走来

6

我曾视为兄弟的

披着神话，众人就使我们分开了

我曾耕种的

朝昨日无限逼近

那些老牛，两手空空

那些牛犊，多么愤怒

我该依偎着什么

7

我站在夜里

我的肉，紧张

像缩在两盏路灯之间的影子

绿色的月亮

校正梦的航向

我不确定谁站在

我的梦面前

难道我在屠夫的道德上行走

或者是夜在移动

难道我的头颅

已从脖子上消失

已带着古老的爱

送给天神

8

无数小手伸进我的皮肤

拽出我的眉毛和胡子

无数小手搬运我的思想

（我竟有思想？）

无数个我组成诗篇

无数次沉默跌向酸涩

无数句"我爱你"毫无价值

（先知意味着明白这三个字分别的含义）

无数次辩论在形式上失败

无数种冲动献给科学

无数头牛彼此弹琴

9

现在我死了

我要说的话不多

如果你看向草原

空旷的那一片最拥挤

沉默的那些最热烈

如果我魂灵也死了

就选择一根草长眠

疾走的塔公

肺里仍携带着平原的礼物
香火的燃烧条件之一

我这容器
路上想得太多
在文成公主到达以前
就摸到
一具陌生的身体

一种长途旅行才会产生的幻觉
教堂、宣传栏
被相互攻击或者赠予
在高于语言的语言中被完成
在太阳之上的太阳里重叠

献给谁
这发痒的贡品

疲劳但无上的爱

一刹那过后
菩萨开口留在此地
塔公则在大地上西行
以菩萨的惯性

于塔公镇

在禅院只想通了这些

一颗好头
要学会和头发告别

好寺庙
须配上会做斋饭的师兄

道　别

西边的火里眼泪很多
一直西去
西到东边

一个人，感受到
寂寞
他边走边哭

一个人，感受到
死亡
他边哭边走

橱　窗

玻璃也看见了我
一个外乡人，狐疑的目光
精神比神经警觉

一个外乡人，畏首畏尾
把主义拆开过后发现结构
把方向拆开过后发现组织

反射的光芒回到眼睛
眼睛拆开过后发现雨声

声音弄湿了一手
提示着日常的吊唁并非毫无依据

浪花中的诗

带上十五岁的安娜去我们的岛
那岛不在太平洋

一位兄长布置了蓝色的海岸线
冬天，雪朝岛上落

安娜走后这岛归我
所有船只的航向再与我无关

见 鬼

当路灯抛下绞索
我站在光里，一个人孤零零

见鬼，这路走着车
这路也被照着罗马的太阳照着
也可能空无一物

为何我在空中摇晃
我这一生只有一张纸的重量

迷 雾

1

一到夜里

我们就要去五光十色的城市

发起运动，在街头

橱窗和老旧城墙上我们宣称占领

屏幕的教徒不理睬我们

或者把我们装进屏幕

在我们和世界间横亘着迷雾

迷雾，他人不可见

堡垒里的孩子们投来忧郁而迷惑的目光

迷雾在敞亮的灯光下在脑中

淹没空间以致路上无路

只能沿着模糊的 Godiva 之径行走

我们对着窗口无声叫喊

那些叫喊并没有为我们带来更多

2

我们，这个词

将在飞旋的夜色里降格

我们被拖上百老汇的舞台

被拖进豪华装潢的书店的书架

我们被拖进一切定义和莫名其妙

然后在历史里四分五裂

3

现在，迷雾使锁链忘记锁链

惊叹号忘记了惊叹号

唯独给我们以冰冷的激动

没人知道超越于生活之上的是什么

4

我们是诗歌或革命者

我们所感到的不朽都在迷雾里局促

明天见

明天见

河床上留下的炭火

搬开石头，孩子们都这么做

发现新鲜的马蹄印

明天见

细沙铺满水泥地

蚊虫叮咬月亮，月色挠人

明天见

故土上思念异乡的歌声

释放一只夏虫的疲惫

打断了露水的凝结

明天见

我和历史一样嗷嗷待哺

挥舞着脐带

在腹中寻找母亲

撞　钟

开启一个年份或年代
需要精湛的平衡术
行进遍地碎镜的坦途

一名检阅果园的农民
腰包里私藏爱欲
对着万亩沃土抒情
诗句唤来太阳

谁触碰春天里的一场疾病
谁摸寻大钟
亡灵溺死在历史的浅滩
而我们仍困在浪潮
错过新世界的回响

半 截

地铁仍是一种新兴的传统
使人在地下行动
但以活着的方式

在地底，模糊地路过地名
如果垂直的权利被剥夺
我们就将要短暂
或永恒地把彼此遗忘

全人类并不会同时下沉
并进入
一扇缓慢关闭的门
所以我至今
仍为那些隐没的人
保持着痛苦

东升的大脑

一只大脑升起来了
多么夺目
多么具有凝练的美

只要这脑子高悬
土地就会晒出味道

多么远大的头颅
装下了我们的世界

这只头颅，干脆而充满想象
我坐在里面
确切地说，是坐在词语上
成为白天的结构之一

好，现在开始动脑了
人的性感离我很远
诗的性感把我毁灭

轮回一种

师父去午休了
佛像在正午，在我面前
表演影子的消失

天地之间
我突然感到空空荡荡的冷

我是什么的影子
我将在何时消失

梦死桑丘

君不见回声紧附
桃花窃取众生的笑颜

心怀猜忌的梦想
屠宰宝刀在你我手上游移

圣杯在上
两匹马儿在天边走远

银月高照，桑丘梦死

秋日练习曲

秋天
盛产钻石

丰收
精壮而缓慢

刀子
耐心地爱着往事

树下
没有声响

失恋
就这么来了

秋天的呼唤

西西弗斯推动语言
阿特拉斯撑开双唇

沉默正是攀登

除非众神致意
语言跌落舌尖
这种惯性，在口腔内回响

我开口叫喊你的名字
听到的却是哭声

人的变奏

第一章
地点：海

众鱼合唱：
再一次响起的是潮声
起伏的大海
掩盖了多少飞翔的痕迹
再一次，在脑中
响起的是潮声
那究竟是水撞着水
还是血撞着血
托起我们的，是时间
还是空茫
洋流把我们送向
是未来，还是理想？

盲民：

同我其他的兄弟一样

上供一切给盲国

自从黑夜降临了

我们每个人的眼底

这有什么不好？

从此我有了妻，有了子

摸到的第一艘船

就是出航的船

返回的第一座屋

就是家

盲妻：

这有什么不好？

给我风暴也给我男人

给我黑夜就给我道德

我奉献乳汁，哺育国家

尽管我生存在

夜的边陲

盲王也有母亲

盲子：

凶险的秋天！

我看不见它。

是什么向我袭来

凶险的爱人！

我看不见它。

是谁呼出了气息

凶险的父亲！

我看不见他。

渔猎是什么方向

盲民：

好了，现在你就要和我一起捕鱼

因为你疑问太多

且体格增长

好了，我们现在就要到风暴里去

风暴就是你听到的声音

加上力量

力量深处也是黑的

我们不必惧怕

船：

起航了，我载着一对父子

驶向哪里？哪里？

无须惧怕

我被系在树上

第二章

地点：王宫

盲王：

治理盲国并非容易

时间正在我的国土上发生

我能看到历史

历史是我唯一所见

历史是我的王冠

啊！历史掉落了

是谁要篡夺我的王冠?!

侍卫长：

陛下，您在哪儿？

（朝中一阵慌乱）

盲王：

不要紧，是秋风扯下了王冠

我已斩杀了秋天

秋天的血

有隐晦的信息

秋天告诉我

有人在盲国看到更多

我们该起程了，侍卫长

第三章

地点：海

盲妻：

你在思考什么

你的父亲为何不语

你的渔网上，怎么也沾染秋天的红

你在黑暗外

还看到什么？

盲子：

我的父亲已葬身风暴

我的渔网上有哭声

我看到可能性，母亲

可能性在孕育更多

我看到不朽的瞬间

——想象都已发生

剩下的都是历史

鱼在奉献自己

……疲惫的奉献

我看到云的节律和

神的巡游

我看到赤道的神帆放逐秋天

我看到另一个国度，但

看不到回返的路

（门外闯进一人，自称荷马）

荷马：

难道你也看见了

海洋并非均匀流逝？

祭神已对那片远方绝望

同一朵浪花里的水滴

竟在相互攻击

牺牲的是英雄

劝阻水的韧性

如此吵闹！罪不在水的雄雌

什么孔夫子……不过是

衣裳，什么神话……

爪牙而已

什么语言……已经被击穿了

而人还在撤退，愤怒

又热情

连雅典也逃遁了

应该颂赞洛阳吗?

大地深处是黑的

大地深处的太阳

也是黑的

黑爆炸了也是黑的

可是……啊

我不当再说黑色的语言

孩子，孩子

你看不见我衣衫褴褛

但你听得出来

我一贫如洗

盲子:

让我摸摸你!

(上前捧着荷马的脸)

这伤口……

多么光荣的战斗!

你从哪里来?

你的血正在和诗一起向外流

盲妻：

为他止住！

盲子：

多么神圣！

荷马：

让我死去！

众鱼合唱：

再一次响起的是潮声

起伏的大海

掩盖了多少飞翔的痕迹

再一次，在脑中

响起的是潮声

（屋外海浪拍击着天空）

第四章

地点：远郊

盲王：

走了多远？

侍卫长：

一棵树在地下的根

那样远

盲王：
还要更快！

侍卫长：
已比烽火的目光
还要快

盲王：
是谁在低语？

侍卫长：
是陛下自己

盲王：
复述我的话

侍卫长：
"我在天马背上行走
茫茫的宇宙
茫茫的母亲
醉舟上没有人
荒原上没有人
人不是回声，也无法发光

——黑暗是热的，朝着更热衰减

而黑暗是热的

在黑暗中才能真正看清"

盲王：

可谁能把自己看清？

树叶作响：

谁能把自己看清

谁能把自己看清？

我在天马背上行走。

茫茫的宇宙

茫茫的母亲

（树叶落下来，但想到秋天已死，又返回树上，

并轻声哭泣）

第五章

地点：月下

盲妻：

月亮升起来了

因为银色的气息

正在海面持久漂浮

大海的伤口、风暴的碎片

……古典嫁妆

无名鱼群与无序天空

自转的我们本身

一颗放弃近大远小的星星

盲子：

月亮升起来了

因为潮声更加不安

尚未休眠的鱼群忙于解释

而羞于解释

升起来的是三轮月亮

一轮真正的月亮

两边比喻的月亮

在合休

三分之二的想象

在新生

盲王：

月亮升起来了

因为我要找的人正在低语

盲子：

是谁？

我从未听过的声音

侍卫长：

是王。

盲子：

在哪儿?

盲王：

尚隔着旷野

盲子：

你未走在人的路上

盲王：

于是我为后人开辟此路

侍卫长：

他渔网上的血与陛下剑上的血

出自同一个秋天

盲王：

于是我来娶走你的母亲

盲子：

成为我的父亲

盲王：

并最终成为你

第六章

地点：海

船：

这次出行前

换一棵树

回来过后

成为另一个人

盲子：

把我们的腰身连在一起

船：

没有回来的路

盲子：

去向我自己

众树：

他要脱离王和夜，他看不见

他的血是黑的

他的船是"空"的

他看不见海的咸度

和风度

自然看不见我们

树下，多崭新的未来

多讨巧的未来

那只脱缰的小船和人

已在潮声中出发

众鱼：

你们哪里懂得真正的大海

一群被涛声喂养的种子

你们树下的屋子

不过是，让人眩晕的美酒

和美女

黑暗的享受

黑的流通物

劳动

被骗取的一般等价物

肆无忌惮的心机

你们哪里晓得黑是多好

多有力量，多么灿烂

在地上抓稳

尽管误解万物的尺度！

第七章

地点：浪中

船：

那些树和鱼仍

争个不停

盲子：

仿佛置身希腊

船：

不如置身浪中

盲子：

离开很远了

为何还能听到

船：

在人的祖先里

曾有一无所有的树

和不会游泳的鱼

盲子：

这阵风浪

使我心痛

船：
爱情

盲子：
这阵风浪
又使我平静地面对泡沫

船：
存在

盲子：
告诉我，夜的外面是什么
告诉我黑的弹性
和每一波浪潮的名字
告诉我王的身份
如何在历史下转世
告诉我大地上的房子
秋天的昨日

船：
我全部的经验
就是人，爱情和存在

第八章

地点：灯塔

（一个聋哑国度，只有三个国民。灯塔是这个国家唯一的建筑。因为拒绝声音，也拒绝修辞。三个人稳固地构建现实，并只相信视觉的真实。在每一个月亮升起的日子，三人协作使灯塔常亮。）

守塔人甲

（打开了箱子，装满了太阳的碎片）

守塔人乙

（把太阳碎片朝灯塔上搬运）

守塔人丙

（在塔顶拼凑太阳）

新的一天开始了

第九章

地点：灯塔海域

盲子：

我感受到了光

但它拒绝我的声音

因此光只能进入我的眼睛

但我的嗓子需要光

照射下去，得到一个答案

船：

我并不能听见他在说什么

这里的水底锈迹斑斑

这里的船

天涯一样贫瘠

这里的苦役（还是幸福？）

洒满宇宙（在迟早的一天）

这里的守塔人别名月亮

已经照射过许多存在与爱情

盲子：

我感受到了船

但它拒绝我的修辞

现在有一条坚实而坦荡的路，在我心里

是这样的，延伸到脚下

光需要我

仅仅是从头到脚

船：

我并不能听见他在说什么

但是他的脚步已在水上游弋

没有回来的路

他选择的是这条路

一个大海的漏洞、一座灯塔的核心

第十章

地点：一个标准的人间

一名孩子落地

犹豫片刻后

发出了哭声

我，堂吉诃德

这是习惯飘悬在太空

纷纷扬扬

风车生长在气候

高远宜人

是非在马上

刀锋在永久

我，堂吉诃德

找寻墓志铭

为晴空下的伤口

持续闪耀

为地质的愈合

为鬼王的差使

为面红耳赤的少女们

君不见十月大地匆匆

雨雪在内心回返

灯光使死亡如蜜

无　题

爱慕皮毛
爱慕皮下淡蓝色的河道
纤细，脆弱如无法承载温度
趴在土地上
趴着如临万丈深渊

夏天，族群朝阴影迁徙
路过干枯的河
垂头啜饮鹅卵石

孩子们天生是主人
一碰到琥珀
便泪光无限

倚仗雨里有真情
蹄印生出幼兽
趴在地上如临深渊
心中一万条飞天的河

隐士与大渡河

有时候
从成都开车西行几小时
只是为了听到大渡河的河声

这样的旅途，不厌其烦
路上充满了石头的想象：
大渡河，多么尊严
年复一年地掠过河床的硬度

如果一只鸟在飞行时感到神往
它就扎进这河声中
这是我亲眼所见

一个欲说还休的人听到河声
眼睛就会流出大渡河的水
这也是我亲眼所见

对稻田的叙说

绿色的你使绿色的我安详

万岁！土地

万岁！飞翔的轮胎

在你把泥土合拢过后

把点燃春天的火种

放在我胸膛上吧

轻轻地长成一枚牙齿

把洁白的盾牌献给明天

也把我献给奔跑的孩子

宽阔地开满脚步的前方

海岸故事

你遍地潮湿
迎接我，只带着两片风帆
在火上，铺上一层锡纸
就打捞起我
船上刷着失败的数字

我们在太阳下交换了眼睛
你终日受难
我学会唱歌

剑桥郡重游

如果心怀等量的激情
就会发现时间并不等值

任何一种故地重游
都让人意识到自己的陌生

语言获得了进化
而往事在康河中深沉

使我怀恋的是他的脚步
如今好似一场救援

英格兰唱晚

几番钟声后
你别过脸去
掌心捂热冷酒

菲迪皮得斯桌上跑来
我俯身去听

火炉里跳动的是欧罗巴
我们知但不尽知
窗外的天空掉落下来
变成一场宁静的小雪

拉普拉斯会议

在一场演奏会后
我去开一场会
相比音乐，我更钟情演奏家
呼吸的频率和陶醉的神情
甚至是出乎意料的创造

在走神的间隙
专家的高见被听成
拉普拉斯的谐音
席间的低语、走动和激昂
突然好像被一只大手摁动
而假借他之口的表演
不过是宇宙遣使命运
在他体内吹响

英国的雨

英国的雨，过于文静
心怀火种的人在雨里行走如常
我把它当作你的声音

作为回忆来说，它是凉的
它有自己的礼节，它用自己的节奏
把我打湿
但作为雨来说
它比不得中国的雨

只消一个成都的夜晚
你就从雨里干爽地出来

以 2019 年的夏天为例
那时天地间是空的
我们也不知道什么是我们

雨落下来

对私奔的人展开围剿

我们在屋檐下

谈论刚烈的事情

相信未来

我们身处云霄

并与如此多白色的人互相凝视

攥紧手上的梦

因为我们梦的是彼此

一个问题产生

召唤谁的诗出笼

一种日与夜

一条缰绳打湿你的眼眶

一只食指

人尽有之

心灵如火种滚动

今天在未来回响